풀꽃처럼 살고 싶다

풀꽃처럼 살고 싶다

이필정 여덟 번째 시집

대양미디어

자연의 힘

초록이 하늘과 맞닿아 흐르는 기운이 내게로 달려오는 오매기 작은 마을

눈을 들어 하늘을 우러러보고 먼 산을 바라보면 어린애의 웃음같이 깨끗하고 명랑한 하늘, 나날이 푸르러 가는 이산 저산, 나날이 새로운 경이를 가져오는 이 언덕 저 언덕, 그리고 하늘을 달리고 녹음 스쳐오는 맑은 바람, 내가 빈약하여 가진 것이 없다 할지라도, 자연이 있어 모든 것을 가진 듯하고, 내 마음이 비록 가난하여 바라는 바, 기대할 바가 없다 할지라도 하늘을 달리어 녹음 스쳐오는 바람, 만산홍엽萬山紅葉에 물든 바람, 새 희망을 준비하는 하얀 바람, 다음순간에라도 곧 모든 것을

가져올 듯하지 아니한가!

　이러한 자연의 힘을 빌려 신록의 유년, 성근장년, 황홀한 노년 모두를 태양의 세례를 받아 가슴시린 시를 써야겠다.

　제8집을 선사하기까지 옆에서 응원을 보내준 아내에게 감사하고 또 한 권의 시집을 탄생시킨 대양미디어 서영애 대표님께도 심심한 사의를 표하며 『풀꽃처럼 살고 싶다』 속의 시를 읽고 계실 독자들께 제 마음이 잘 전해지길 바라며……

　여러분 사랑합니다.

　　　　　　　　　　　　　　2017년 초여름
　　　　　　　　　　　　　　지은이 씀

차례

풀꽃처럼 살고 싶다

제1부
새로운 시작

새로운 시작

의왕문화원 앞
흐드러지게 핀 벚꽃
행인 발목잡고 놓을 줄 모른다

꽃향기 가득한
수줍은 봄꽃 유혹에
노랑나비 춤추며 날아든다

모판에 뿌리내린 쌈채소
주말농장 주인 기다리며
따사로운 햇살에 졸고 있다

철지난 옷자락과
찢겨진 앞자락 벗어던지고
화사한 미소로 야리야리 옷 입고
봄기운 가득 채워
힘찬 발걸음 새 희망을 가꾼다.

어느 봄날

어느 봄날
흐드러지게 핀
매화꽃잎에
까치 발소리

마른가지 끝에 달린
수줍은 초록 눈동자
선명한데

눈에 넣고 싶은 사람
손길 주고 싶은 사람
뒤로 한 채
먼 길 떠나는
당신이 그리워

나뭇가지마다
봄바람 매달고
가냘픈 꽃잎
흐느껴 운다.

봄꽃이 만발한 어느 날

백두산, 한라산
거룩한 내 조국의 핏줄이
장엄한 내 조국의 호흡이
한껏 용솟음치고 있음을
뜨겁게 흐르고 있음을 느낀다.

새 희망 부푼 가슴으로
공동번영 행복한 나라
유라시아 실크로드
세계 속에 경제대국
통일 대박의 꿈

봄꽃이 만발하는 어느 날
남북한 동지들
한마음 한뜻 되어
소리 소문 없이
웃음으로 피어난다.

봄나들이

겨우내 꼭꼭 숨겨둔
몸과 마음 풀어헤치고
봄처녀 찾아 떠나는
환한 미소

꽃빛 고운 곳마다
사람이 넘쳐나고
차량이 넘쳐나고
이동식 판매소 넘쳐난다

햇살 내리쬐는 봄날
산빛 정겹고
하늘빛 한가로우니
솟구치는 욕망 달래려

봄꽃 찾아 떠나는
이방벌 되어 집을 나선다.

벚 꽃

봄이 오는 소리에
자줏빛 꽃봉오리
눈을 뜨는가 싶더니
열여섯 소녀 같은
흰 꽃잎 혀를 내밀어
눈부신 자태로
교성 지르는 꽃잎
여인의 유혹이다

이 꽃이
흰 눈처럼 날려
발치에 쌓이면
샛님 바람 불어와
꽃잎 풀풀 봄을 떠나보낸다.

꿈 먹던 시절

가을 햇살에
수줍은 코스모스
나풀나풀 춤추고

고추잠자리
마른 풀잎에 앉아
수줍게 미소 짓는
나른한 오후

당신을 그리며
시선고정
옛 추억 헤아리니

하얀 미소로
꿈 먹던 시절
새록새록 떠오른다.

마음의 고향

내 가슴 깊숙이
새겨진 풍속風俗이
태엽처럼 감겨 갈수록
기억속의 고향 체온體溫은 익어 가련만

풀냄새 짙은 오솔길 거닐며
밤이 깊어 가는 줄도 모르고
꿈 키우던 고향길

무너져 내리는 세월 앞에
강물 되어 가슴속 흘러
나의 기진한 마음 쉬어갈 그늘이 없네

어리석은 고백 들어줄
마음 나눌 고향
사랑하는 그 누가 있었으면 얼마나 좋을까.

내 고향

해 맑은 햇살과
싱그러운 바람
보리피리 소리에 꽃이 피고

두견새 소리에
사랑이 익어 곳곳마다
풍요로운 삶이 잉태되는 곳

시냇물 빛이
하늘 물빛을 삼켜
개걸개걸 흐르는 곳

뽀오얀 구름 둥지 틀어
푸른 벌판 풍요로움
천진한 숨결 낭만 하는
아름다운 내 고향.

고향에 살련다

40여년 세월
고향 그리며
가슴속 깊이 간직한 꿈
오매기 작은 마을 한켠
집터 하나 마련해
꽃구름 같은 설계도 그려
벽돌 차곡차곡 쌓아
새 보금자리 만들어
사랑하는 아내와
풀잎새에 맺힌 이슬
햇살을 즐기고
차 한 잔의 비취빛 향기로
작열하는 아름다운 노년
아내와 두 손 꼭 잡고
행복하게 고향에 살련다.

고향에는 바람만 산다

삭정이처럼 마른고향
홍시만 발갛게 발갛게
집 떠난 지아비 그리는
새댁 볼처럼 붉다

애기호박처럼 젖가슴 곱던
갑순이도 바람이 겁탈하여
할망구 만들어 놓고
사립문틈으로 바람만 넘나든다

산국화 들국화 곱게 피던 고갯길
키다리 느릅나무 까치집 속으로
가을 햇살 곤두박질치면
잔디 언덕에 바람만 인다

너랑 나랑 길 따라
고향 따라 왔더래도
세월을 메다꽂은 숨 가쁜 소리
고향에는 바람만 산다.

생명 잃은 세상

청춘이 멍든
검붉은 영혼들
노을이 진다.

주홍색 생명력 물들이며
저녁이 저물어 갈 즈음

방황하는 운석 되어
생명 없이 떠돈다

밝은 세상
어둠으로 몰아넣어
휘청이는 거리

넘어진 놈
쓰러진 놈
자빠진 놈

똑 같은 술병이 된다.

오매기 마을

모락산 푸른 자락
산그리뫼 내려와
들머리 나락 섶에 눌러앉아
햇볕 따뜻한 오후 즐기고

정수리에서 발끝까지 씻겨 내리는 듯한
오매기골 계곡물 귀에 감기는 소리
한 시인의 시린 눈빛 닮은 풀꽃과 어우러져

손금 같은 길을 따라
고요에 깃든 단풍나무 그늘
멋스러움과 자연스러움이 묻어나
우리네 뒤틀린 마음도
가섭迦葉처럼 웃는다.

* 오매기 마을 : 경기도 의왕시 오전동에 위치한 문화 유씨 집성촌 모락산
  을 뒤로 하고 조용히 내려앉은 작은 마을로 아늑하고 포근하다. 나는 이
  곳에 보금자리 만들어 노년의 꿈을 키워가고자 한다.

아름다운 의왕 사람들

정월 초하루에 세운계획
섣달그믐까지 그날이 그날
둥글둥글 서로 마음이 닮은
마냥 반가운 의왕 사람들

오늘도 어둠을 이기고 나온
밝고 맑은 달빛에 물든
새벽별 바라보며 나이와 상관없이
저마다 가슴에 둥실 떠오르는
해와 달 하나씩 끌어안고

천년의 세월이 흐른다 하여도 변치 않을
넉넉한 흙내 나는 오매기 마을에서
두레나 품앗이 정신으로
새롭게 세상을 가꾸어 가련다.

아름다운 의왕 사람들과 함께……

제 2 부
풀꽃처럼 살고 싶다

설 명절

언 몸 녹여주던
사랑방 구들목 둘러 앉아
조는 듯한 호롱불 아래
밤새껏 심지 돋우며
섣달 그믐밤 지새우던
빛 고운 추억 한 자락

봉창으로 찾아든 고운 새벽빛
봄기운 도는 새해 아침
군불지핀 아랫목 같이
따뜻한 정이 가득한 우리가족

온 가족이 함께 차례 모시고
떡국 먹고 나이 한 살 더 먹고
아랫마을 윗마을 정을 나누며
꽃과 같은 이웃과 더불어 사는
설 명절 세시풍속
내 마음 끝에서 꽃이 핀다.

풀꽃 같은 인생

바람 이는 강기슭
늙은 미루나무
속살 훤히 꿰어 물에 비춰고

역사의 신음소리 뒤척이는
어기찬 깊은 물속
강태공 웅크리고 앉아
시린 놀빛 씻어낸다

말 잃은 샛강 휴식 취하고
버드나무 갈대숲
생명이 어우는 자리 바람만 스친다

들고 나는 풀꽃 같은 인생
천년을 두고 흐르는 물같이
제가끔 등짐 진채

잘 살아 보겠노라
강가를 서성이며
다짐 또 다짐 온몸에 피가 흐른다
풀꽃 같은 인생이……

풀꽃처럼 살고 싶다

햇살 가득한 봄날
아름다운 꽃을 피우기 위해
찬바람 일고 서릿발 섬뜩한
눈 쌓인 깊은 겨울을
맨발로 건너야
하는 풀꽃처럼

눈 비 바람
온 몸으로 받아내며
해와 달 별빛 따뜻하기만
기다리는 꽃의 미소만큼
힘겨운 이 땅에서

비바람에 흔들리며 꽃피우는 것이
어디 너 뿐이더냐
나도 한 떨기 작은 풀꽃으로

채이고 밟히면서
살아가는 인생인 것을

하루를 살더라도
향기가 꽃보다 고운
미소가 꽃보다 예쁜
풀꽃처럼 살고 싶다.

자연 살리기

어릴 적 하늘은
맑고 푸르렀는데
지금의 하늘은
뿌연 잿빛이다

하늘을 향한 나무도
미세먼지 덮어쓰고
더 이상 자라지 못해
울부짖는다

창공을 나는 새도
한낮 햇볕 비칠 때까지
움츠리고 앉아
변해가는 세상 걱정이다

대지 위 태양의 물결
힘차게 작열해야만

만물의 태동
경이로운 교감 이루는데

지구촌 사람들이 만든
자연환경 파괴 덫에 걸려
시름시름 시들어가는
힘 빠진 문어가 되어간다

이제라도
진한 색채감으로
하늘빛 푸르고 별들이 반짝이는
지혜 번득이는 세상을 만들어야 한다.

사과밭

한적한 청송 부남마을
사과향 붉다 못해 빨갛게 익어
소롯이 개천開川으로 자지러지는
자갈 비탈 늘어선 사과나무
초록의 젖 물린 여인 하늘을 받들고 섰다

햇빛가린 잎새 사이 민낯 뵐 듯 말 듯
수줍어 두 뺨 붉히는 풀빛 젖은 사과 몇 개
두둥실 두둥실 솟은 애벌 해를 안고 있다

야성의 손아귀로 휘늘인 가지 거머쥐고
고운빛깔 익어가는 재벌구이 성근 홍옥紅玉
한평생 사과밭 일군 농부의 미소
갈무린 천년햇덩이도 춤춘다

세상 하나밖에 없는 자식 바라보며
오늘도 비탈 풀꽃은 상기된 얼굴로
인생 살아가는 시간 꽃이 된다.

옛 친구를 만나

동녘 하늘이
볼그레하게
달아오르면

물안개 춤사위 걷히고
시나브로 번져가는 풍경
새 아침 열어

꿈속에서 깨이듯
호수건너 마을이
수런수런 일어나고

화답和答하듯
산이 뿜어내는
연초록 낯빛 맞으며

오랜 친구를 만나
옛 이야기 주절이며
다향茶香을 나눈다.

그리운 소꿉친구

　어린 시절 코흘리개로 만나 할아버지 할머니가 된 지금도 친구들이 생각나고 그 시절이 새록새록 하다.

　보물찾기, 고무줄놀이, 제기차기, 말 타기, 자치기, 사방치기 해맑은 웃음으로 함께 했던 친구들과 같이 동행할 세월도 이제 얼마 남지 않은 것 같다.

　나이 들어가면서 서로 의지하고 말동무가 되어줄 수 있는 사람, 바로 소꿉친구들 아닌가. 어느새 세월이 가람물 되어 인생향기 가득 쌓여 중후한 삶의 무게가 느껴진다.

　김치도 숙성되어야 맛이 나듯이 인생도 묵을수록 맛이 더하고 아름다워지게 마련이다.

　곱게 곱게 늙어 품위를 지키고 동반자로서 한 시대를 가꾸어 가는 행복한 삶의 여정이 되고 건강하게 오래오래 함께하길 바라면서……

　여보게, 친구!

　옛 추억 안주삼아 술이나 한잔 함세그려~

군자란 꽃잎

좁은 베란다
겹겹이 풍성한 잎으로
푸른 바위처럼 버티고 있는 군자란

한겨울 창 햇살 받고도
숨죽이던 꽃소식

봄바람에
목을 쑥 내민 꽃대
얄밉게 주황빛으로 변신하더니

꽃잎 펼쳐
참았던 세상이야기 들려주고
향기보다는 은은한 미소로

나의 공백
화사하게 메워준다.

봉사는

그늘지고 후미진 곳
살아가는 사람들
몸과 마음 어둠을 본다
그들의 몸에 환하게 불 밝히고 싶다

햇볕 받으며 피어난 나팔꽃
햇볕 가득한 꽃잎
한 조각이 되어서라도
그들의 몸에 환하게 불 밝히고 싶다

구름 사이로 고개 내민 햇볕
바람 속 별빛
한 올 달빛이 되어서라도
그들의 몸에 환하게 불 밝히고 싶다

아니, 그저 저도 안 되면
한 마리 반딧불이가 되어서라도

한 송이 달맞이꽃이 되어서라도
그들의 몸에 환하게 불 밝히고 싶다

내 몸을 구부려 따뜻하게 감싸면서
슬픈 그들이
새 삶을 살 수 있도록
천년을 그렇게 불 밝혀주고 싶다.

통일의 깃발

반만년 찬란한 역사의 숨결
아름다운 산하에 고스란히 배어 있건만
어찌하여 국토와 민족은
허리 잘린 채 70여년 세월을 서성이는가

하늘은 여전히 높푸르고
바람은 오고감이 자유로운데
인간만이 어리석은 탓에
스스로 만든 상처 치유할 줄 모르네

단물도 향기도
모두 빠져버린 과일처럼
맛이 없던 일상의 시간들
이제는 햇볕에 널어 충전하고

절망했던 만큼의 희망을
용서의 어진 눈빛과
화해의 맑은 마음으로

산하를 바라 볼 수 있게 되기를……

오랜 나날 헤어져 산
남과 북 한겨레
같은 땅 딛고 같은 하늘 우러르며
하나 된 나라에서 살게 되기를……

간절히 바라면
그날이 언제일지
어머니 나라의 평화
통일은 이루어지리라

8천만 민족의 염원
평화통일 이루는 날
한라에서 백두까지
통일의 깃발 마음껏 흔들어보련다.

국정농단

정치인은
정치인을 시기하고
거지는
거지를 시기하던가

험담만큼
좋은 안주거리도
없다지만

국정농단
말도 많고
탈도 많고
죄인도 많다

하늘 높은지
땅 낮은지 모르는

겨울바람에
시시덕거리다

서로가 서로에게
모난 말
고귀한 정신, 영혼
가실 수 없는 멍자국
나라는 누가 책임질 것인가.

행복한 대한민국

살면서 이런저런 어려움 있지만
넉넉한 사랑 깃들어
돈 보다 더 값진 배려와 사랑으로
나눔 베푸는 기쁨 누리며
고통과 절망 속에서
허덕이는 이웃을 헤아려
마음으로 다가가 안고 보살피는
믿음, 소망, 사랑의 손길 포개는 이웃
장미꽃보다 더 뜨거운 열정으로
이 세상 모든 이들의 가슴을 잇는
향기가 높고 빛깔은 짙은
사랑으로 곱게 물들이는
봄날 꽃보다 아름다운 사람
훈훈한 정이 넘치는 사회
행복한 대한민국을 만든다.

제3부
천상의 인연

행 복

인생 뭐 있나
살아 있음에 감사하며
탐하지도
버리지도 않는 삶
꽃 볼 수 있고,
아이 옹알이
들을 수 있으면
사는 거지 뭐
크게 한번 웃을 때마다
꽃이 피고
달이 숨는
그것이 우리네 삶
행복의 뿌리 아니던가.

첫 사랑

새소리 물소리 멈춰선
첫눈 내리던 어느 겨울날
눈꽃 환한 비탈 저 멀리
해 맑은 미소로 내게 다가오던
말이 없던 예쁜 그녀

함께 할 수 없는 어린 날의 첫사랑
앞이 안 보이게 퍼붓던 눈
보고 싶다. 보고 싶다
첫눈 오던 날 다시 만나자던 그 약속
아마 벌써 잊었을까

이 겨울이 가기 전에
스치듯 잠시라도 나타날 것만 같은
어렴풋이 떠오르는 보고자픈
하얀 눈에 젖은 그녀

이렇게 눈 내리는 날이면
억새풀 서걱이는 내 영혼의 호숫가에
그녀는 오지 않고 눈바람에 가람물 되어
아련한 추억으로 잊어져 간다.

천상의 인연

천상의 인연으로
당신을 만나

때로는
당신의 경직된 미소에
사랑을 갈무리 하면서

때로는
경이로운 마음으로
기쁨을 함께 하면서

자식들과 행복한 삶 길게
뻗어가길 간절히 바라면서
아픔의 굴레를 다스리고

인생길 가다 보면
고통도, 아픔도, 기쁨도
나의 뜨락에서 피어납니다.

혼자 가기에 너무 먼 길
당신에게 기대어
삶과 시간을 공유하면서

언젠가는 가슴앓이 사연도
아름다운 전설처럼 우리의 가슴에
넉넉한 모습으로 자리 할 겁니다.

천년의 인연

봄이 움트기 시작하던 어느 날
단비처럼 찾아와
한 몸 되어 초년 삶은 온통
꽃향기 가득한 숲으로 가꿔준 당신

하늘아래 하나밖에 없는
가장 빛 고운 꽃
내 곁에서 피었다 시들어지는
별을 닮은 한 떨기 순결한 꽃

곱다시 비다듬은 단정한 매무새
복사꽃 물든 환한 낯빛
아침이슬처럼 초롱한 눈
수줍은 수선화 같은 미소로

얼어붙은 설한의 세상 복판에서
지난한 세월 변함없이

빛과 향이 어우러진 잎과 꽃을 피워
꽃보다 더 아리따운
사랑의 향기 뿜어 올리는 당신

하늘이 맺어준 천년의 인연
남은 인생길도 사랑의 힘으로
행복하게 살아갑시다.

진실한 사랑

당신과 함께 있어서
행복한 희망의 삶
인생의 꽃밭에서
뿌리와 줄기를 소중히 가꾸어
푸르고 푸른 잎을 피웠다

희생과 배려
꽃을 피우고
진정으로 감사하며
사랑과 평화
봉사의 열매를 맺었다

살아 있으므로
주머니가 비어도 명예가 없어도
흘러가는 나그넷길

진실한 사랑만이 참행복
어지럽게 흩어지는 구름을 모아
희망을 말하고 꿈을 키우는
봉사자로 살겠다.

사랑의 힘

당신과의 사랑이
영글어 갈수록
텅 빈 내 마음은
당신으로 채워져

마주함으로 하루를 닫고
내 하루는 날마다
당신으로부터 시작됩니다

내 생명의 생명이여
그리움이 간절할수록
당신의 사랑 또한 가슴속 크게 자라
당신의 뜨거운 숨결을 느낍니다

사랑은 기쁨과 축복
나를 아름답게 하고
삶을 풍요롭게 하며
세상을 행복하게 하는 원동력입니다.

사랑의 노예

물복숭아로 핀
바알간 입술 방긋 열고
나를 훔치려 내미는 잘 익은
너의 봉숭아빛 혀의 노예가 되어

한 마리 모기처럼
네 침실에 스며들어
비단결 피부 더듬고 다니며
은밀한 곳 빨고 싶다.

허리에 흐르는 전율과 어깨를 감싸고
몸을 애무하는 검은 머릿결
열아홉 봉우리로 할딱이는
가슴을 점령하는 사내로 살고 싶다

꿈처럼 왔다가 바람처럼 가버린
황홀했던 한 생애 추억으로 간직한 채
한 마리 철새가 되어
하늘을 훨훨 날아간다.

당신의 가을은

살 오른 해가 느긋이
가을 하늘에 기대어

푸르던 여름을
슬멋슬멋 밀어낸다

사뭇 펑퍼짐한 호박
잘도 익어 넉넉하다

철이 바뀌는 소리에
흔들리던
당신의 눈부신 풍요

한 알 과일로 영글어
내 가슴 그릇 속에
떨어져 담긴다.

삶의 보금자리

물안개 피어오르는
새벽 강 저 건너 건너
곱게 물들어오는
먼 산 노을처럼

산 넘고 물 건너온
저 푸른 혼불
물빛 보다 시린 가슴
다독여 어르는지

내 영혼의 빛으로 가득한
인생의 해 기우는 시간
별달리 내 세울 것도 없고
부끄러울 것도 없다만

바람 잦아든 고향마을에
저녁노을 곱게 번지면
봄의 풀꽃향기 가득 채워
삶의 보금자리 한 채 지어 보련다.

딸 시집가던 날

백마 타고 온 신사
믿음직한 사위를
만나 기쁘구나

하얀 면사포에
아름다운 딸을
안아줄 수 있어 행복하구나

샹들리에 불빛처럼
반짝반짝 빛나는 두 사람
환한 웃음 행복의 문을 열고

파란하늘 쏟아지는 사랑 중에
둘만이 간직할 수 있는
예쁜 사랑 만들어

사랑 때문에 기뻐하고
삶의 지혜 꿈을 키워
넓은 하늘 빈 원고지에
인생향기 가득 채워가길 바란다.

백일을 축하하며

저녁노을이 아름다운
2014년 9월 10일
(갑오년 음 8월 17일)
힘찬 울음소리와 함께
네가 태어나던 날

양가 가족들은
기쁨과 축복
사랑과 정성으로 너를 맞았다

너를 보면 마음이 포근하고
웃음이 가득 피어나
사는 맛이 난다

태어난 지 엊그제 같은데
벌써 백일이 되어
양가 가족들이 축하하고
사랑을 나눌 수 있어 행복하다

몸도 튼튼 마음도 튼튼
희망과 꿈으로 성장해
기적을 이루는 주인공이 되어라

가족들은 항상 너를 지켜주고
멋지게 성장할 수 있도록
응원과 격려를 보낼 것이다.

성훈아! 사랑한다.

그리운 아버지 · 1

세월 가는 줄 모르고
부모형제 보살피며
밭이랑 일구시던 아버지

어둠을 이기고 나온 새벽별보며
삽날 앞세워 들판으로
휘저어 가시던 아버지

사랑과 생명으로 가득 찬
한 송이 꽃을 피워
가족 모두에게 희망을 주시던 아버지

겨울나고 새싹 돋는 봄이 오면
샘처럼 맑고 하늘빛 보다
푸른 아버지가 그립습니다.

그리운 아버지 · 2

저녁하늘
노을 설 때마다
붉은 꽃잎
뚝뚝 지던
어머니 치마폭

교동길 적송 숲에
산새만 사는 마을
감나무 노란 잎새
빈 마당 가득할 때

아버지 당찬 목소리
가을볕에 탄다

오늘 따라
아버지가 그립다.

그리운 당신

해가 뜨나 달이 뜨나
그리운 당신
보이지 않는 바람만 스쳐가네

이승에서 만나던 행복
꿈엔들 잊으리오

냉가슴 흔드는 목소리 한마디
들을 수 없고

포근한 사랑
온기 느낄 수 없고

바람 부는 산마루에 올라
목메어 불러 봐도
아 아 어제도 오늘도 그리운 당신

등불 들고 어디쯤에서
대문 활짝 열고 들어오시려나.

사랑하고 다시 사랑하고 싶어도
기다려도 기다려도 오지 않을

당신의 품이 그립습니다
당신의 목소리가 그립습니다
당신의 모습이 그립습니다.

제 4 부
바람난 바람

가야산 만물상

높고 푸른 하늘
청아한 물소리 벗 삼아
서성재에 오르니

잔잔한 산 너울
엄마 품처럼 포근하고

기암괴석
역동적인 남성미
넘쳐흐른다

만 가지 형상 이루니
만물상이라

누군가 차곡차곡 쌓아 만든
인절미 바위

중생들을 모아

설법하는 부처상

성을 이룬 바위봉
빌딩숲 만들어 내고

늙은 소나무
오랜 세월 비바람과
차선 수행

바위 사이로
구렁이 기어가듯 앙장걸음
삶의 흔적 묻어난다

만물상과의 만남
오묘한 자연의 신비에 넋을 잃고

심원사 아랫마을 깊은 미륵골
만물상 나한들

불 세계 장관 이룬다

아름다운 바위 사이로
간간히 불어오는 살랑바람
솔향기 코끝 가득하다

바위에도 가을이 오는 건지……

청계산 둘레길

찬바람 맞으며
속살 고스란히 드러낸
곱게 물든 청계산 둘레길
홀로 걷고 있네

하늘과 울창한 나무 서로 어우러진
오색단풍 둘레길 걷다보면
어느 결에 한 그루 나무가 된다

어쩌다
고운 색깔에 반해 마음 뺏기면
늘씬한 자태로 서 있는 나신들
그 자락 숲속 유혹에 빠져들고

알 수 없는 울적한 기분도
여인의 포근한 가슴에 안기어
낙엽 사르르 사르르
바람에 날아가듯 사라진다

한낮 어지럼증도
어둠속 절망의 늪을 헤쳐 나와
채색된 수피樹皮로 치유된 채

나는
무작정 청계산 둘레길 걷고 있다.

바람난 바람

백록담 허공 스친 바람
진달래 꽃술에 머물다
오렌지 향기에 취해 떠난
탐라여행

놀라 눈을 뜨니
바다는 뒤척이며 해벽을 애무하고
안개는 스멀스멀 옷 속으로 파고든다

물굽이 같은 산자락 자락에
진달래 붉게 타오르면
산은 땅 끝으로 흘러내린 바다에
슬며시 발 담그고
수억의 세월 버티며 섬을 지킨다

목덜미에서 가슴으로 끼어든 바람
이렇게 속삭인다
나는 바람난 바람이야
너도 바람난 바람이 되어 보지 않을래?

봄이 숨 쉬는 조령산

힘 빠진 겨울바람
달려오는 봄의 전령에
산골짜기 숨어들고

산악인의 안위 기원
시산제 진지한데
한자락 바람
촛불 흔들고 지나간다

맛난 음식 나누고
만만하게 시작한
조령산 산행
비탈암반 발목잡고
놓을 줄 모른다

휘청이는 바지가랑 사이로
세월의 흔적
꽃샘바람 춤춘다

조마조마
가슴 쓸어내린
하산길

실개천 버들강아지
웃음으로 반기고
냉이, 씀바귀, 민들레
봄노래가 한창이다

수줍은 미소로
나물 캐는 아낙네
가족사랑, 행복
바구니 가득하다.

주론산의 봄

겨우내 움츠렸던 마음
박달재 산신각 돌탑에 모아
산악인들 굽어 살피소서
산신령께 고하나니

찬란한 봄 햇살에
겨울잠에서 깨어난 주론산
기지개 편다

온몸을 포근하게 감싸고
나뭇가지에 머무는 햇살
꽃봉오리 살찌우고
음지의 잔설 녹인다

겉녹은 속살 미끄러져
엉덩방아 수차례
산비탈 접수해 보지만
쓸데없는 짝사랑

힘겨운 발길
파랑재에서 쉼하고
꾸벅꾸벅 정상도착
꿈꾸듯 희망이 가득하다

새봄 맞는 대가
산고의 고통 겪어도
밀려오는 연초록 향연에
산 넘던 구름도 쉬어간다.

마니산 참성단

아침 해살에
얼어붙은 서리발 위로
나무 그림자 길게 누운 채
등산객 맞이한다

만길 현모한 제단
푸른 하늘에 닿았고
소슬바람 은근한 기운
내 몸에 기를 넣어
마음 밝게 하네

신선들이 놀고 간 생기처
봉우리 뾰족하여 기세 장하고
바다는 하늘만 안고 있다

아무런 속임도, 꾸밈도 없이
자유 평화 사랑
단군왕검 천제 올리던 신화

남북으로 끊겨 있으나
영상은 변함없고,
이제나 저제나 한결같아
만대에 걸친 백성번영길
참성대 성화는 계속 빛난다.

문경 대야산 내음

초록 산바람
떨리는 신음에도
지워지지 않고
산울림 속삭임
은빛 눈망울로
우리에게 기쁨주네

오가는 발자국
지축을 흔들어도
쓰러지지 않고
그 자리 그 미소
은근한 마음 담는 사랑
푸르른 봉우리로
우리에게 사랑주네

환한 미소로 반기는
푸른 행복
용추폭포 파란 물줄기
하트 소용돌이
새 기적을 만드네.

경주 남산에 가면

꽃비 내리던 날
통일신라시대 산실
경주 남산 산행

속세 떠난 산승
매월당 김시습
금호신화 집필
설잠교 넘나들 때

아득한 구름 위
하늘나라 부처님
불교탄압에
목이 잘린 슬픔도

높고도 신령스런
천년왕도
웅혼한 광채 품고 있다

금오산 오른 사람들
천년세월 기운 받아
혈기가 넘쳐흐른다.

만수산의 향기

편백나무 자작한 숲길
고요히 바라보는
작은 설레임 마주하며
홀쩍한 사념에 젖어들 때
신선한 바람 나긋한 손길
온몸을 애무하고

산빛 마주잡은
푸른 향기는 맑은 숨결로
삶을 에워싸고

먼 곳 숭고히 사랑을 지키며
홀로 피는 세월의 정으로
산객을 맞이한다.

한줄기 바람
무량사 스쳐가니
미지가 아님을 깨닫는다

석등에 불 밝혀 소원하나 풀고
빈 하늘가에 넘실대는 운무의 조각들
발길을 따른다.

무량사 뒤로
태어난 장엄한 봉우리
탄력 있는 외침이
오고가는 세월 포옹한다.

오대산 소금강

가을 단풍과
어깨동무하고 싶은 열기
더 바랄 것 없이
계곡물에 넘쳐흐르고

이슬비 내리는 산비탈
시원스런 물줄기
우리 일행 발자국마다
꽃물 되어 물이 고인다

빨간 배낭에 행복가득 싣고
구룡폭포 향해 가는 길
노란 단풍잎 바라보며
뜨겁게 달구던 산책길 대화

수직으로 쏟아지는
폭포에 두 손 모아
큰사랑 흠뻑 달라 기도하니
맞은편 능선 소나무도
고개를 끄덕인다.

왕송호수 레일바이크

한 폭의 수채화
추상의 경계를 넘어
현란하지 않게
레일바이크 호수 위를 달린다

자연 한가로움
호수에 빠져 소꿉놀이 즐기면
연인들 입맞춤 포옹한다

숲 향기 호수 바람
생동하는 천지 기운에
못다 그린 것들 노래로 푼다

석류빛 노을
보는 눈 아깝지 않게
힘차게 레일바이크 발질하며
욕심 없는 세상 살아간다.

제 5 부
오르지 못한 막장봉

비 젖은 금수산

백문동 마을위로
비단에 수놓은 듯
금수산이 펼쳐진다

용담폭포 어귀
고즈넉한 보문정사
풀섶에 숨어있다

장맛비는 하염없이
바람에 흩날려
옷깃을 파고든다

망덕봉 향해
발길 재촉해 보건만
물 머금은 바위 미끄러져
발붙이기조차 어렵다

산 오름 포기한 채
어댕이골 정남골 만나는 곳
용담폭포, 선녀탕 돌아보고

과수원 원두막에 둘러앉아
입담에 흘러내린 애숭이 복숭아
한입 베어 물고 시간가는 줄 모른다

칡넝쿨 끌어안고 사랑 나누더니
접시꽃 예쁘게 피어
또르르 또르르 빗물 흘려 내린다

백문동 주차장 장마당 펼친 엄마
말린 산나물, 갓 따온 양대콩
자랑이 한창이다

구수한 입담에
세월도 주저앉아 쉬어가고
엄마의 보따리 점점 작아진다

해맑은 날에 꽃단장하고
그대를 다시 만나
파티를 펼쳐야겠다.

도장산道欌山 보양산행

쌍용계곡 빠져든 사람들
흐뭇한 미소로 반기고

심원골 너럭바위 시원한 물줄기
담에 쏟아져 내린다

산행 나선 사람들
습하고 푹푹 찌든 날씨에
숨을 몰아쉬며 발길 재촉한다

암릉지대 서로 도와 올라서니
나무사이로 오똑선 시루봉
서쪽 청화산이 내려다보인다

송림위로 햇살 번쩍여
소나무 아래 서면
온몸에 송진 내음 묻어난다

기암위 노송분재
여름 햇볕에
빛이 바래 노랑빛깔이다

휘도는 잡목숲길 따라
도장산 정상에 서니
정상 표지석과 삼각점이 나란하다

찰칵찰칵 인증샷
굽이굽이 내려가는 길
미끄러져 엉덩방아 찧는다

단풍나무 상수리나무
심원사 둘레 감싸고
짙푸른 산등성 병풍 둘렀다

신라시대 원효대사가 창건한 심원사
초라해 보여도

유서 깊은 천년 고찰이라

쌍용계곡 물놀이 삼매경
사람들 웃음소리 끊이질 않고
심원사 삼거리 원점회귀

계곡 따라 빠른 발걸음
용추교 건너 신작로 걷고 걸어
펜션 야외단상에 앉아

민물매운탕 닭볶음탕
산행에 지친
몸과 마음 힘 북돋는다

산과 계곡 어우러진
도장산 산행
서로를 배려한 행복한
사랑이 되었다.

고씨굴 태화산

영월 홍월 2리
인적 드문 농촌마을
수수 부대끼는 소리
가을바람에 서성인다

다알리아 곱게 핀
마을길 따라
국화도 향기 품어
나그네 발목 잡는다

토종알밤 익어가는
숲길 따라 울긋불긋
등산행렬 꽃길 이루고

오솔길 따라 도토리 즐비한데
다람쥐 오간대 없고
발길 옮기기 힘겹다

산골짜기 기어오른 시원한 바람
이마를 스치고 지나간 자리
태화산 정상 푯말 우뚝하네

내가 최고야!
내가 제일 멋져!
추억 담기 삼매경에
헤어날 줄 모르고

힘 빠진 몸 둘러 앉아
산바람 한줄기
도시락 밥상 가득 채워 나누고

가도 가도 끝없는 오솔길
굴참나무 동행하여
고씨굴 가는 길 안내한다

산에서 내려다보이는 강줄기
한가로이 흐른다

고진감래
도착한 고씨굴
아쉬움 뒤로한 채
귀경 발길 재촉한다.

때 묻지 않은 계명산

대몽항쟁 전승 위령탑
김윤후 장군 용맹
태양도 칼끝에 걸렸네

멀리 충주호 사색 즐기며
포근한 사연 담아
긴 산행 시작했네

그대를 만나
소나무에 기댄 싱그러운 햇살
몹시 사랑하며
조각난 언어들을 이어가며
마음을 활짝 열었네

그대를 만나
노송에 걸터앉아 자연을 유희하며
삶의 무게 떨쳐내고
자연향기에 취했네

그대 만나던 날
초라한 가슴은 열리고
설레임은 이유가 되어 젖어들고

정상에 선 땀방울
고요히 피어나는
흙냄새를 사랑했네.

설악산 대승령

가을이 깊어가던 날
산이 부르는 소리에
찾아간 설악산 대승령

장수대 탐방로 들머리
가을 냄새 솔솔바람
발길 재촉한다

가뭄에는 눈물도 없는 계곡
풋풋한 입담에
물보다 진한 정 느낀다

대승폭포 가는 길
바람에 비틀어진 소나무
새가지 밀어내 솔잎 품었다

대승아! 부르는 우렁찬
어머니 외침 오간데 없고

황소 침 흘리듯 질질거린다

산중턱 곱게 물든 단풍
수줍은 새색시 얼굴만큼
환한 미소로 반긴다

오색 단풍잎 벗 삼아
삼삼오오 추억 새기고
대승령 향해 꾸벅꾸벅

1210미터 대승령 고개
찬바람에 옷깃 여며 보건만
얇은 옷차림 감당하기 어렵다

올라온 길 되짚어
바람 잦아든 곳 둘러앉아
울긋불긋 한상차려 배불리고

사중폭포 계곡물에 발담가
피로 날려 보내고
가뿐히 산을 내려와

산이 좋아라, 단풍이 고와라
예쁜 추억이 되었다.

고창 선운산

꽃무릇 피고 간 자리
새잎가득 초원 이루고
마지막 단풍
향기로 가득하다

겨울비 촉촉이 내려
계곡물 소리 청아하고
오색물결 인파 넘쳐난다

장사송, 진흥굴 전설
역사 속 살아 숨쉬고
용문굴 오르는 길
절벽바위 웅장하다

어느 누가 음각이라도 했는지
용문굴 미로 통로
MBC-TV 대장금 드라마
어머니 돌무덤 앞 쪼그리고 앉아

눈물 흘리던 장금이 모습 생생하다

장금 어머니 떨어져 죽은 낙조대
평상에 자리 펴고 앉아
촉촉한 겨울 빗물에
행복 나눠 마신다

천마봉에서 바라본 하늘길 능선
여인의 허리선을 닮아
아름다운 모습으로 시선을 끈다

100미터 천마봉
추켜세운 손가락 같기도 하고
포효하는 사자모습 같기도 하고
기세가 당당하다

도솔암으로 내려가는 계단
내원궁 청아한 목탁소리

스님 독경이
바람에 고스란히 전해진다

도솔암 마애불상
시대의 흐름을 말해주듯
형상이 변해도
자비로움 영원하다

선운 계곡 따라
단풍 여왕
얼굴 내밀고 살랑살랑
선운사 뜨락에 섰다

배롱나무 겨울을 준비하고
뒤편의 동백나무
꽃망울 가득 품어
천년고찰 감싸 안았다

수천 년을 두고
비바람, 눈보라가 만들어 낸
천상의 비경 선운산 산행
자연이 내게 준 최고의 선물이다.

한여름 만수봉

한 여름
터질 듯한 태양열기
만수봉 산행

만수 계곡 지킴이
수달 서식처라
물에는 얼씬도 말라네

등산 시작 초반부터
비 오듯 땀이 흐른다

암벽 제비집 짓듯
달라붙은 전망 처
산세 조망에 전율하고

만수봉 정상
잠시 머문 자리
하늘 금과 맞닿아 있다

계곡 깔린 바위 위로
맑은 물 시원한데
차지할 수 없네

조릿대 푸르른
하산길 따라
수런수런 이야기 꽃피고

옛날 옛적에 사람 흔적
돌 움집, 약수터
돌절구 고스란하다

계곡 누워 흐르는 물
내 마음도 같이 흘러
자연 신비에 반하고

허기진 배
삼계탕으로 채워

만수봉 시그널 되뇌이며

월악아!
이 순간에 여기 있음이 좋아
너를 찾는다.

능경봉 눈꽃산행

구 영동고속도로 대관령 휴게소
구름처럼 모여든 사람들
백설에 꽃이 핀다

세찬바람 온몸에 감겨
얼음장처럼 굳어 오는데
선재령 풍차는 잘도 돈다

백두대간 주능선 능경봉 산길
설유화 봉우리로 솟아오르고
눈꽃
낮 빛 바람을 담아 솔잎에 자리 펴고
성화 봉송하듯 하얗게 차오른다

바람이 스쳐간 자리
하얀 눈 멍석 깔아 놓은 듯
나무 밑 설원을 이룬다

옥설 같은 사랑
밝고 아름다운 등산길
눈바람 가슴속 파고든다

새해 시작하는 첫 달 눈꽃봉우리
힘차게 뛰어가 넓은 세상 포옹하고
희망의 등불로 충전하는
눈꽃 산행, 행복이 따로 없네.

눈 내리는 발왕산

찬바람
볼 스치면
겨우살이 살찌고

흰 눈 소복한
은빛 세상
눈꽃 산행

눈 터널 길
주목나무가지
얼음 보숭이

자연이 만든
눈 산호초
상고대 뒤덮고

멀리 보이는
용평리조트
동화 속 궁전 같다

눈보라 맞으며
나누는 정상주
사랑을 듬뿍 담아

드레곤 파크
곤돌라에 몸을 싣고
스키장 내려다보니

바람에 미끄러지듯
설원 누비는
스키 마니아 새처럼 날고

환상적인 눈꽃 축제
하나하나
저마다의 작품에
눈길 머물러

잊지 못할 추억
가슴에 담았다.

서산 황금산 해변

바닷바람 산비탈 기어올라
진달래꽃 입술 훔쳐 떠나고
앙증맞게 피어난 야생화
뉘 볼세라 숲에 숨었네

물은 천리를 흘러
천년의 물결을 깎았는가
해안가 주상절리柱狀節理
가파른 주의 주장도 누그러지고
낯선 입도 잠잠해졌구나

가끔 자갈거리는 몽돌
수만 바람과 부대끼었나
파도의 집채 가라앉아서
끼룩끼룩 하늘을 나는 갈매기만 바라본다.

오르지 못한 막장봉

봄을 재촉하는 2월
정성스레 차린 시산제례
바람도 눌러 앉아 음복하고

얼어붙은 산비탈
터질 것만 같은 심장
식은 땀 쏟아 내어

노랗게 질린 하늘
일행들 도움으로
안전하게 하산 하여도

우려스런 눈
곁을 떠날 줄 모르고
차가운 바람만 가슴을 파고든다

바위가 그립다, 숨결이 그립다
오르지 못한 막장봉
입을 통해 들을 뿐, 눈이 멀었다.

누구나 편한 마음으로 읽을
국민 모두의 시

신 현 득

　이필정 시인의 시집 『풀꽃처럼 살고 싶다』를 살피면 이
시집의 큰 부분이 자연과의 대화이다.

　대화의 대상인 자연은 계절을 따라 성장하는 푸나무와,
푸나무가 키우는 온갖 꽃과 열매다. 그 중에는 풀꽃이 있
다. 여기에 맞추어 노래하고 춤추는 새와 벌, 나비들이 있
다. 그 중에서도 그리운 것이 고향의 자연이다. 제호의 시
도 이런 자연 속에서 이루어졌다.

　다음은 사랑과의 대화다. 첫사랑의 추억, 당신과의 인
연, 화목한 가정, 오가는 인정, 3세 아기의 첫울음, 백일 축
하, 그리운 부모님으로 소재가 잡혀 있다.

다음 대화는 내 발로 밟은 이 강토의 산과 바다다. 안 가본 산이 없을 정도이지만 그 중 20여 산마루만 시에 담았다. 산마다 길이 다르듯이 산마다 자연이 다르고, 계절에 따른 모습이 다르다. 참으로 살고 싶은 나라라는 조국애를 산행에서 깨닫는다.

이 중 제호의 시부터 살펴보기로 한다.

> 비바람에 흔들리며 꽃피우는 것이
> 어디 너 뿐이더냐
> 나도 한 떨기 작은 풀꽃으로
> 채이고 밟히면서
> 살아가는 인생인 것을
>
> 하루를 살더라도
> 향기가 꽃보다 고운
> 미소가 꽃보다 예쁜
> 풀꽃처럼 살고 싶다.
> ―「풀꽃처럼 살고 싶다」 부분

햇살이 있기는 하지만 찬바람에 서릿발이 섬뜩한 겨울이다. 시의 캐릭터 풀꽃은 이 추운 겨울을 맨발로 건너야 한다. 봄꽃을 기다리기 위해서는 눈비와 차가운 바람을 온몸으로 받아내며, 기다려야 한다. 그것이 힘겹다고 했다.

이 자리에서, 힘겹게 겨울을 맨발로 건너는 게 풀꽃 너 뿐만은 아니다 하고, 시인이 나선다. 자기의 인생살이를 보여준다. 내 인생살이도 힘겨웠던 거라 한다. 채이고 밟히면서 사는 게 인생이라 했다.

그래서 인생을 풀꽃처럼 살고 싶다는 생각을 한다. 풀꽃보다 더 짙은 향기로, 풀꽃보다 더 고운 미소로 살고 싶다고 한다.

주제가 뚜렷하다. 이만한 인생의 관조, 이만한 인생의 무게, 이만한 사유의 깊이, 이만한 목소리가 담겨 있기 때문에 이 시를 내세워 시집의 제호를 삼은 것이다. 그것이 적절했다.

40여년 세월
고향 그리며
가슴속 깊이 간직한 꿈
오매기 작을 마을 한곁
집터 하나 마련해
꽃구름 같은 설계도 그려
벽돌 차곡차곡 쌓아
새 보금자리 만들어
사랑하는 아내와
풀잎새에 맺힌 이슬
햇살을 즐기고
차 한 잔의 비취빛 향기로
작열하는 아름다운 노년

아내와 두 손 꼭 잡고
행복하게 고향에 살련다.

　　　　　　　　　—「고향에 살련다」 전문

　고향을 떠나 타향에 온 사람은 출향민이요, 분단선 저쪽
에 고향을 둔 사람은 실향민이다. 이 시편은 출향민, 실향
민 모두를 달래는 목소리다. 실향민은 고향을 두고 사선을
넘어 왔다. 출향민은 가족을 위한 먹거리와 살아갈 자리를
찾아 타향에 와서 지낸다. 이들 모두는 자주 자주 고향이
그립다.

　고향을 떠나올 때는 돌아오겠다는 말을 남기고 온다. 대
개의 경우 그 약속이 이루어지지 않는다. 그러나 고향을 두
고 온 사람들 가슴에는 늘 고향이 잠재해 있다. 고향에 가
서 보금자리를 마련했으면 한다. 그러나 그 뜻이 이뤄지지
않는다. 벽돌을 차곡차곡 쌓아서 아담한 집을 지었으면,
한다.

　여기 이 시에는 〈아내와 두 손 꼭 잡고〉의 행복에 겨운
가귀佳句가 있다. 그것이 작열하는 노년이 될 텐데 그것이
쉽지 않다.

　이 〈고향에 살련다〉는 저자를 포함해서 고향을 떠나온
모두를 대변하는 메시지이다.

인생 뭐 있나
살아 있음에 감사하며
탐하지도
버리지도 않는 삶
꽃 볼 수 있고,
아이 옹알이
들을 수 있으면
사는 거지 뭐
크게 한 번 웃을 때마다
꽃이 피고
달이 숨는
그것이 우리네 삶
행복의 뿌리 아니던가.

　　　　　　　　　　　　　―「행 복」 전문

　인생철학을 녹여 담은 시편이다. 인생을 달관하고 욕망
을 버려야 작품의 내면이 보인다.

　〈인생 뭐 있나/ 살아 있음에 감사하며〉의 첫 귀에서 인
생을 보는 시점이 보인다. 살아 있음에 감사하는 것이 가장
평범하면서 가장 차원 높은 인생의 태도다. 이것은 절대자
에 귀의하자고 강요하는 설교보다도 차원이 높다. "꽃 볼
수 있고,/ 아이 옹알이/ 들을 수 있으면/ 사는 거지 뭐"는
친구들과 나누는 언사와도 닮은 시어들이다. 음미하면, 인
생이란 참으로 그런 것이라는 공감이 간다. 꽃을 볼 수 있
는 건강한 삶, 거기에 3세들의 옹알이를 듣는 재미. 그렇게

나달을 보내는 것이 행복이 아니랴.

　본 시집의 제4부, 제5부는 강토를 밟아 본 체험의 시편
이다. 전기한 바와 같이, 저자는 전국의 명산을 땀을 흘리
며 밟아서 얻은 이미지를 형상화했다. 발로 쓴 시다. 분단
의 나라이지만 오를 만한 산이 있어서 얼마나 좋은가를 기
쁨으로 엮었다. 연작 22편에는 외국에서의 산행과 바다 소
재가 1편씩 있다.
　「청계산 둘레길」에서 「서산 황금산 해변」에 이르는 연작
에서 몇 편을 살피기로 한다.

　　찬바람 맞으며
　　속살 고스란히 드러낸
　　곱게 물든 청계산 둘레길
　　홀로 걷고 있네

　　하늘과 울창한 나무 서로 어우러진
　　오색단풍 둘레길 걷다보면
　　어느 결에 한 그루 나무가 된다.
　　　　　　　　　　　　　　　　―「청계산 둘레길」 부분

　도시 외곽의 청계산의 둘레길이다. 듣기만 해도 시가 떠
오른다. 그 둘레길을 혼자 걷는다니 한적함, 여유로움 등의
시상이 잡힌다. 단풍이 물든 길을 걷다가 자신이 한 그루

단풍나무가 된다는 표현에 정감이 간다.

　가을 그 자락의 유혹에 빠져든다고 했다. 울적한 기분도 세속의 어지럼증까지 치유되고 있다고 했다. 그래서 무작정 둘레길을 걷고 있는 것이라 했다. 신선미가 있는 생활시다.

> 신선들이 놀고 간 생기처
> 봉우리 뾰족하여 기세 장하고
> 바다는 하늘만 안고 있다
>
> 아무런 속임도, 꾸밈도 없이
> 자유 평화 사랑
> 단군왕검 천제 올리던 신화
>
> 남북으로 끊겨 있으나
> 영상은 변함없고,
> 이제나 저제나 한결 같아
> 만대에 걸친 백성번영길
> 참성대 성화는 계속 빛난다.
> ─「마니산 참성단」 부분

　강화 마니산. 바다가 보이는 뾰족한 산정에는 단군이 국가 번영을 기원하며 천제를 올리던 제단이 있다. 참성단이다. 여기에 올라서 느낀 감회를 시에 담았다. 단군의 옛일을 생각하면 잃어버린 만주벌이 떠오른다. 분단의 상처를

한탄하게 된다.

그래도 여기서 채화되어 타오르는 성화는 만대를 이어 갈 민족 번영의 불길이라는 힘 있는 결구가 좋다. 누구나 올라보고, 생각해 봐야 할 참성단이다. 이 제단에서 불붙인 이 시편에서, 우리의 태고적과 아득한 미래가 보인다.

> 바닷바람 산비탈 기어올라
> 진달래꽃 입술 훔쳐 떠나고
> 앙증맞게 피어난 야생화
> 뉘 볼세라 숲에 숨었네
>
> 물은 천리를 흘러
> 천년의 물결을 깎았는가?
> 해안가 주상절리柱狀節理
> 가파른 주의 주장도 누그러지고
> 낯선 입도 잠잠해졌구나
>
> 가끔 자갈거리는 몽돌
> 수만 바람과 부대끼었나
> 파도의 집채 가라앉아서
> 끼룩끼룩 하늘을 나는 갈매기만 바라본다.
> ─「서산 황금산 해변」전문

황금산이 끼고 있는, 서산 서해 해변의 전경이다. 바다의 전경을 시의 눈으로 바라보았다.

바닷바람, 산바람이 산을 기어오른다. 황금산에 곱게 핀 진달래 꽃잎을 찢어갈 만큼 억센 바람이다. 이런 바람 앞에서는 야생화도 숨어서 피는 수밖에 없다. 해안가에 있는 기둥모양의 바위틈 주상절리柱狀節理가 가파르게 몰려오는 파도를 잠재우고, 몽돌 무더기가 몰려오는 큰 파도를 잠재우고 있다. 그 위를 서해의 갈매기 떼가 끼룩 끼룩 노래하며 날고 있다. 황금산 해변의 살아 있는 모습이다.

이상에서 살펴본 바와 같이 이필정 시인의 시집 『풀꽃처럼 살고 싶다』는 첨단의 이론이라며 자기도 모르는 난해시를 생산하고 있는 모더니즘을 비켜간 서정시이면서, 생활 주변에서 얻은 소재를 형상화한 생활시다. 이것은 이필정 시인의 생활이 곧 시라는 것이며, 무엇이나 붙잡아서 시라는 예술로 승화시키는 부지런한 시인이라는 말이 된다.

독자층에서 본다면, 이필정의 시는 나라 사람 누구나 편한 마음으로 읽고 즐길 수 있는 시요, 국민의 시심을 불러일으키는 국민의 시이다. 그것이 8집이라니 대단한 성과이다. 계속 좋은 시가 이어져 국민의 정서를 열어 가기를 부탁드린다.

〈필자 : 동시 시인·문협 고문〉

풀꽃처럼 살고 싶다

초판인쇄 · 2017년 6월 19일
초판발행 · 2017년 6월 30일

지은이 | 이필정
펴낸이 | 서영애
펴낸곳 | 대양미디어

출판등록 2004년 11월 제 2-4058호
04559 서울시 중구 퇴계로45길 22-6(일호빌딩) 602호
전화 | (02) 2276-0078
팩스 | (02) 2267-7888

ISBN 979-11-6072-011-2 03810
값 10,000원

이 도서의 국립중앙도서관 출판시도서목록(CIP)은 서지정보유통지원시스템 홈페이지
(http://seoji.nl.go.kr)와 국가자료공동목록시스템(http://www.nl.go.kr/kolisnet)에서
이용하실 수 있습니다.(CIP제어번호 : CIP2017014307)